AF460626

7 Juin 1904. V

VENTE

Hôtel Drouot -- Salle N° 11

LES MARDI 7 & MERCREDI 8 JUIN 1904

A 2 HEURES 1/4

Collection de Mme S. de C...

RICHES BIJOUX

BELLES ÉMERAUDES

Perles - Rubis - Brillants anciens

MINIATURES, SOUVENIRS HISTORIQUES

des Tsars et Tsarines

TABLEAUX

Anciens & Modernes

Me LUCIEN DESCHAMPS
Commissaire-priseur
52, BOULEVARD MALESHERBES, 52

M. ARTHUR BLOCHE
Expert près la Cour d'Appel
51, RUE SAINT-GEORGES, 51

EXPOSITION PUBLIQUE

le Lundi 6 Juin 1904, de 2 heures à 6 heures

IMPRIMERIE C. CHAUFOUR
8-10 RUE MILTON, 8-10
PARIS

CATALOGUE

DE

RICHES BIJOUX

enrichis de

SUPERBES ÉMERAUDES, BRILLANTS ANCIENS, PERLES

Rubis, Turquoises et Saphirs, Montres, Etuis

BIJOUX ANCIENS

MINIATURES, PORTRAITS HISTORIQUES DU XVIIIe SIÈCLE

Souvenirs des Tsars et Tsarines

Porcelaines de Sèvres et de Saxe

TABLEAUX ANCIENS ET MODERNES

DESSINS — AQUARELLES

de Baron, Basil-Holmes, Broower, Duplessis, Jules Dupré, Greuze, Helleu Isabey, David de Noter, Pater, Rigaud, Simon Vouet

FORMANT

la Collection de Madame S. de C...

BIJOUX, DIAMANTS, PIERRES DE COULEUR

TABLEAUX, MEUBLES, OBJETS D'ART

Appartenant à divers

DONT LA VENTE AURA LIEU

HOTEL DROUOT — SALLE N° 11

Les Mardi 7 et Mercredi 8 Juin 1904, à 2 h. 1/4

Me LUCIEN DESCHAMPS
Commissaire-Priseur
52 — BOULEVARD MALESHERBES — 52

M. ARTHUR BLOCHE
Expert près la Cour d'Appel
51 — RUE SAINT-GEORGES — 51

Chez lesquels se trouve le présent catalogue

EXPOSITION PUBLIQUE

Le Lundi 6 Juin 1904, de 2 heures à 6 heures

CONDITIONS DE LA VENTE

La vente sera faite au comptant.

Les acquéreurs paieront *dix pour cent* en sus des prix d'adjudication.

L'Exposition mettant le public à même de se rendre compte de l'état des objets, aucune réclamation ne sera admise une fois l'adjudication prononcée.

Paris. — Imp. C. Chaufour, 8-10, rue Milton.

DÉSIGNATION

BIJOUX

OBJETS DE VITRINE

1 — Bague enrichie d'une très belle et grosse émeraude entourée de brillants.

2 — Bague formée d'une très belle et grosse émeraude cabochon.

3 — Bague formée d'une belle émeraude monture or.

4 — Bague fil d'or, ornée d'une grosse et belle perle grise d'Orient.

5 — Bague fil d'or ornée d'un gros brillant bleuté ancien.

6 — Bague fil d'or ornée d'un brillant.

7 — Bague en or ornée d'une perle grise entre deux brillants.

8 — Bague enrichie d'un rubis entouré de huit brillants.

9 — Bague fil d'or ornée d'un rubis.

10 — Paire de boucles d'oreilles saphirs entourés chacun de dix brillants.

11 — Paire de boucles d'oreilles turquoises entourées chacune de douze petits brillants.

12 — Broche en or ornée au centre d'une grosse perle entourée de quatorze brillants.

13 — Parure en topazes, entourées de perles, composée d'une grande broche ronde et de deux boucles d'oreilles.

14 — Porte-plume ancien en corail, monture or.

15 — Porte-plume ancien en agate, monture argent.

16 — Parure composée d'un collier de très gros grains de corail, et de deux pendeloques.

17 — Collier de chien composé de sept rangs de petites perles blanches d'Orient avec barettes en rubis et brillants.

18 — Collier composé de trois rangs de perles blanches.

19 — Epingle de cravate en or ornée d'une grosse perle grise.

20 — Broche en or en forme d'écusson à rinceaux, enrichie de gros et petits brillants, et d'un rubis au centre avec brillants pendeloques.

21 — Montre de dame en or, pavée de rubis et de brillants.

22 — Boucle de ceinture en or et argent, forme tête de sphinx, ornée d'émaux avec diadème en petits brillants.

23 — Boucle de ceinture Louis XVI en or émaillé et enrichi de petites turquoises.

24 — Peigne-diadème enrichi de perles, brillants et rubis.

25 — Bracelet artistique composé d'une série de plaquettes en or reliées par des petits brillants et ornées d'émaux offrant en grisaille Vénus et l'Amour, et orné au centre d'une petite montre.

26 — Bracelet en or mat, orné au centre d'une émeraude ancienne gravée à tête de déesse.

27 — Bracelet fil d'or orné au centre d'une grosse almandine cabochon.

28 — Broche barrette en or enrichie de onze brillants.

29 — Broche en or, modèle à rinceaux, enrichie de gros et petits brillants et d'une belle turquoise au centre.

30 — Broche en or, jacinthe à double entourage de dix-huit brillants et de roses.

31 — Broche en or, améthyste entourée de quatorze brillants et de petites roses.

32 — Broche en or, ornée d'émeraudes, rubis et perles. Travail du XVIe siècle.

33 — Petit collier en or Louis XVI, orné d'écussons émaillés à figures d'amours et cœurs enflammés.

34 — Croix ancienne en argent, ornée de diamants.

35 — Deux petites pendeloques Louis XVI en or émaillé représentant deux petits chiens.

36 — Deux pendeloques anciennes en argent, ornées de diamants.

37 — Peigne ancien en argent, orné de motifs à rinceaux et fleurs enrichis de diamants.

38 — Montre en or de couleur ciselé à bouquets de fleurs. Epoque Louis XV. Cadran signé LEPAUTE.

39 — Montre époque Louis XVI, ornements et mouvements à jours, et ornée de roses. Signée LÉPINE.

40 — Petite montre en or, boîtier orné d'un émail : la Déclaration, mouvement signé ROMILLY. Epoque Louis XV.

41 — Montre en or, époque Louis XVI, boîtier orné d'un émail à tête de femme, faite pour la femme de l'hospodar de Valachie, princesse Kalimachy,

42 — Montre en or offrant sur le boîtier un émail, portrait de femme encadrement en marcassites. Epoque Louis XVI.

43 — Montre en or, boîtier orné d'un émail à figurine symbolique et de demi-perles. Epoque Ier Empire.

44 — Montre en or, boîtier émail. fond bleu semé d'étoiles, entourage en blanc. Fin Louis XVI.

45 — Montre Louis XV boîtier en or repoussé à sujet mythologique au milieu de rocailles.

46 — Petite montre en or, offrant sur le couvercle, une pensée, sur un fond d'émail bleu, entourage en demi perles. Epoque Louis XVI.

47 — Montre avec custode en écaille cerclée d'argent. XVIIIe siècle.

48 — Collection de dix camées, pierres gravées et scarabées anciens.

49 — Petit nécessaire renfermé dans un étui en galuchat et orné à l'intérieur d'une miniature, portrait d'un officier, monture or. Epoque Louis XVI.

50 — Cachet en argent ciselé à figure de faune, base en sardoine.

51 — Trois étuis en argent. Epoque fin Louis XVI.

52 — Petit flacon en corail orné d'un filigrane d'or, couvercle à tête de sphinx. Epoque du Premier Empire.

53 — Petit étui forme navette en vermeil, couvercle avec inscription « Souvenir ». Epoque Louis XVI.

54 — Boîte à mouches en argent offrant sur le couvercle un personnage au milieu de rocailles. Epoque Louis XV.

55 — Petit cartel en ancien Wedgwood, dessin très fin à personnages mythologiques et gravé à figure de Melpomène.

56 — Petit flacon à odeur en agate, monture en argent émaillé et enrichi de rubis.

57 — Petite tasse russe dite *bratina* en cristal, monture en vermeil filigrané, ornée de pierres fines et de perles. Travail de la fin du xvie siècle (dans son écrin).

58 — Tabatière chinoise en agate herborisée.

59 — Petite boîte à mouches en filigrane d'argent.

60 — Deux pendeloques d'oreilles en or orné d'émaux et de la tête de Ladislas III, roi de Pologne et avec inscriptions au revers.

61 — Très petit groupe en ivoire sculpté : la Vierge et l'Enfant.

62 — Petit flacon en émail noir, vert et or. xviiie siècle.

63 — Médaillon rond en ivoire sculpté, représentant : Georges Villiers, duc de Buckingham. Cadre en acajou.

64 — Tabatière en ivoire sculpté et ajouré, offrant sur le couvercle le Jugement de Salomon, XVIIIe siècle.

65 — Joli petit triptyque en ivoire sculpté, représentant des scènes de la Vie du Christ, sous des arceaux ogivaux et fleuronnés. XVIe siècle.

66-67 — Collection de dix-huit pièces de monnaies russes anciennes. Epoque Elisabeth-Catherine II et Paul.

71 — Médaille en or, frappée en Saxe, pour le Jubilé de Luther, en 1630.

72 — Grand gobelet en vermeil repoussé à fleurs et rinceaux. Travail russe du XVIIe siècle.

73 — Médaille en argent à l'effigie de Catherine II, de Russie, frappée à l'occasion du Jubilé de l'Académie des Sciences, 1776.

74 — Médaille à l'effigie de Almi Aehmet Effendi, à l'occasion de la Mission Turque, à Berlin, 1791.

75 — Médaillon en verre églomisé, offrant une tête d'homme en noir sur fond d'or, fin Louis XVI. Cadre en argent, signée HUBNER, 1798.

76 — Petit bas-relief rectangulaire en marbre blanc, représentant : Mars et Vénus. signé : STAGE et daté 1788. Cadre en bois sculpté de de l'époque.

77 — Sculpture sur coquille en relief et en forme de cœur : Déjanire. XVIIe siècle.

78 — Petit médaillon en ivoire, représentant le feld-maréchal Roumiantzof.

79 — Tabatière ronde en racine de buis et écaille,couvercle orné d'un buste de Napoléon Premier Consul ; en ivoire sculpté.

80-89 — Collection de dix bagues en or, ornées de camées anciens et scarabées.

90 — Bague en or émaillée envoyée par l'Impératrice, à l'occasion de la mort d'Alexandre Ier, avec inscription « Notre Ange est au Ciel ».

91 — Petit lunette en cuivre ciselé et doré à fleurs et rocailles.Epoque Louis XV.

92 — Petite tabatière en argent repoussé à sujets mythologiques.

93 — Drageoir en agate. XVIIIe siècle.

94 — Petite tabatière en caillou d'Egypte. XVIIIe siècle.

95 — Petite bonbonnière ronde en argent repoussé à gaudrons, intérieur en vermeil. Epoque de la Restauration.

96 — Encrier Louis XVI en bronze ciselé, forme trépied, surmontée de têtes de béliers, entre des masques de bacchants, couvercle surmonté d'un groupe : l'Aigle et l'Amour.

97 — Médaillon ovale en ivoire sculpté représentant le vénérable Joseph Maria, Cardinal Thomasius.

98 — Deux médaillons en ivoire sculpté représentant l'Impératrice Anne de Russie en costume de cour, et l'Impératrice Catherine II en Minerve.

Encadré.

99 — Parure en corail composée d'un collier orné de têtes d'anges et de deux boucles d'oreilles en forme de vases, monture Ier Empire.

100 — Petit éventail en écaille blonde ajourée Ier Empire.

101 — Eventail en ivoire, offrant en rehaut d'or, un paysage chinois XVIIIe siècle.

102 — Collier Slave en argent.

103 — Cassolette formée par une noix, intérieur et monture en or.

104 — Deux fourchettes, un couteau et une petite cuiller en argent ancien.

105 — Cuiller en buis sculpté à sujets religieux, XVIe siècle.

106 — Petit cheval ancien en argent ciselé.

107 — Sucrier sur trois pieds en argent ciselé à coquilles et rocailles, époque Louis XV.

108 — Petite boîte ronde, en vernis Martin, décor à fleurettes, sur un fond rouge feu, fin Louis XVI.

109 — Petit plateau chinois, de forme rectangulaire en jade sculpté et gravé, à enroulements de dragons et cachets.

110 — Statuette en faïence anglaise : le Punch.

111 — Deux poignées de cordons de sonnettes en bronze ciselé et doré, époque du Ier Empire.

112 — Bague en or donnée par l'Impératrice Joséphine et ornée de son portrait en miniature.

113 — Bague en or ornée d'une miniature portrait d'homme en habit bleu, fin Louis XVI.

114 — Reliquaire en or ajouré et enrichi de rubis, avec inscription.

Travail ancien Grégorien.

MINIATURES

115 — Miniature rectangulaire, portrait de femme en costume 1830 avec bonnet à rubans bleus. Signée TORRÉ.

116 — Miniature ronde sur ivoire. Portrait de femme en costume Louis XV.

117 — Miniature ovale sur ivoire, portrait de femme 1830, en costume de velours bleu, décolleté. Signée FALLOT 1837.

118 — Miniature ovale sur ivoire, portrait d'une actrice avec voile dans les cheveux et tenant un flacon. Ier Empire.

119 — Deux miniatures, portraits de femme en corsage rose. Ier Empire, et portrait de femme Louis XVI, en corsage bleu, et bonnet bleu.

120 — Trois médaillons, portraits de femmes et d'un enfant.

121 — Médaillon rond, tête de femme, les cheveux noirs bouclés. Cadre en or émaillé bleu.

122 — Miniature ovale sur ivoire, portrait de femme en costume blanc. Signée JACQUES. Epoque du 1er Empire.

123 — Miniature sur ivoire, portrait de l'Empereur Alexandre 1er.

124 — Miniature ovale sur ivoire, portrait de femme, avec un manteau brun et coiffure de linon. Epoque 1er Empire.

125 — Miniature sur ivoire, portrait de femme avec manteau rouge. Epoque du Directoire.

126 — Miniature ronde sur ivoire, portrait de Robespierre jeune. Signée LATOUR 1793.

127 — Deux petites miniatures têtes d'homme et de femme en grisaille sur fond de velours marron.

128 — Miniature ovale offrant en grisaille le portrait de l'Impératrice Catherine II en Minerve. Signée d'un monagramme, XVIIIe siècle. Cadre en bronze doré.

129 — Médaillon, portrait de la Grande Duchesse Marie de Leuchtenberg en bacchante.

130 — Deux petits médaillons, portraits de deux gentilhommes XVIIIe siècle.

131 — Médaillon, portrait d'un jeune homme en costume noir et gilet jaune. Signé de ROSSI. Cadre en or.

132 — Médaillon, portrait d'un homme d'Etat Russe, en costume bleu. Cadre en or.

133 — Médaillon, portrait du comte Strogonoff.

134 — Petite aquarelle représentant le Duc de Montpensier.

135 — Grande miniature portrait de femme de la Restauration, en costume rose, décolletée et assise dans un fauteuil, signée DELMONT.

PORCELAINES, FAIENCES

136 — Assiette en ancienne porcelaine de Sèvres, offrant au centre un médaillon à bouquets de roses, au milieu d'un semis de fleurettes, bordure à guirlande de roses et bleuets.

137 — Assiette en ancienne porcelaine de Sèvres, offrant au centre un bouquet de fleurs, bordure à guirlandes de fleurs, médaillons de pensées, sur fond bleu à rehauts d'or.

138 — Grand plat rond en ancienne porcelaine de Berlin, décoré de volatiles, posés sur un arbuste, bordure à papillons et rehauts d'or.

139 — Six assiettes de même décor.

140 — Trois assiettes de même décor, à bordures ajourées.

141 — Huit assiettes en ancienne porcelaine de Saxe, époque Marcolini, offrant au centre des bouquets de fleurs, bordure bleue ajourée.

142 — Plat long en ancienne faïence de Moustiers, offrant au centre des armoiries, bordure à rinceaux fleuronnés.

143 — Petite tasse en porcelaine de Sèvres fond bleu avec médaillon à fleurs et rehauts d'or.

144 — Petit verre sur pied en porcelaine de Sèvres, à semis de fleurs.

145 — Petit coquetier en porcelaine de Sèvres à fleurettes, bordure bleue et rehauts d'or.

146 — Pichet en ancien grès d'Allemagne fond brun décoré d'émaux à figures de saints, couvercle en étain.

TABLEAUX

AQUARELLES, DESSINS

BARON

147 — *La Jeune fille à la colombe.*

Cadre bois sculpté.

BARON

148 — *L'Escalier du château.*

Dessin.

BASIL-HOLMES

149 — *Totnes-Devonshire.*

Aquarelle.

BROOWER

150 — *La Réflexion.*

151 — *L'Ennui.*

CALAME

152 — *L'Impasse.*

Dessin.

COLLIN

153 — *Les Brigands.*

Dessin à la plume et au lavis.

CRANACH (Attribué à)

154 — *Tête d'homme.*

DELAROCHE

155 — *La Châtelaine au faucon.*

Petite peinture ovale.

DELAYE

156 — *Portrait présumé de Paulin Menier dans un de ses rôles.*

DUPLESSIS

157 — *Le Campement.*

Cadre bois sculpté.

DUPRÉ (Jules)

158 — *La Vallée.*

Dessin.

GREUZE (?)

159 — *La Jeune pensive.*

Petite fille accoudant sa tête sur son bras droit et regardant de face.

GROULIER (J.)

160 — *Ophélie.*

Dessin sur soie au crayon noir.

HELLEU

161 — *Etude de femme nue.*

Dessin aux crayons de couleur.

ISABEY

162 — *Marine.*

Cadre bois sculpté.

JACQUES (Ch.)

163 — *Porcs et coq.*

Aquarelle.

JOHN-LEWIS-BROWN

164 — *Dragons.*

Dessin.

NOTER (David de)

165 — *Gibier mort.*

PATER

166 — *La Soubrette.*

RICHTER

167 — *Le Marquis.*

RIGAUD

168 — *Portrait du Dauphin.*

Représenté à mi-corps en habit de velours rouge richement brodé s'appuyant de la main droite sur une canne et regardant de face.

Joli tableau.

VOUET (Simon)

169 — *Portrait d'Anne d'Autriche.*

WELTÉ

170 — *La Présentation de l'esclave.*

171 — *Le Pacha endormi.*

Deux aquarelles signées et datées 1778.

ÉCOLE ANGLAISE

172 — *La Petite fille au chat.*

Charmant tableau ovale.

ÉCOLE ESPAGNOLE

173 — *La Vierge, l'Enfant et saint Jean.*

Cadre bois sculpté.

ÉCOLE FRANÇAISE DU XVIIIe SIÈCLE

174 — *L'Ange et Tobie.*

ECOLE ERANÇAISE

175 — *La Séance de guitare.*

Petite peinture sur cuivre.

ÉCOLE HOLLANDAISE

176 — *Marines.*

Deux petites peintures sur bois.

ÉCOLE MODERNE

177 — *Coqs et poules.*

178 — Objets omis.

BIJOUX

MEUBLES, OBJETS D'ART, TABLEAUX

appartenant à divers

BIJOUX

179 — Deux grosses émeraudes cabochons, forme poires. Poids 28 carats.

180 — Collier d'un rang de cinquante une perles entrecoupées de rondelles en saphirs blancs.

181 — Broche composée de neuf brillants et de six saphirs.

182 — Jolie bonbonnière Louis XVI en or émaillé en plein, fond rouge, dessus et dessous offrant des sujets mythologiques.

182 *bis* — Bracelet souple en or et platine à maillons multiples entrecoupés de barettes.

182 *ter* — Bracelet gourmette en or enrichi de diamants avec montre à cadran orné d'une peinture offrant un jeu d'amours, travail de la maison Boucheron.

183 — Paire de boutons d'oreilles brillants solitaires.

184 — Paire de boutons d'oreilles brillants solitaires.

185 — Pendentif enrichi de deux perles et de brillants.

186 — Pendentif enrichi de deux perles, de brillants et de roses.

187 — Paire de boutons formés de deux perles.

188 — Collier formé de soixante-huit perles fines d'Orient.

189 — Paire de boutons d'oreilles formés de deux perles entourées de brillants.

190 — Bague en or enrichie de trois brillants anciens.

191 — Bague en or ornée d'une perle entourée de brillants.

192 — Bague croisée en or ornée d'une perle et d'un brillant.

193 — Bague en or avec brillant ancien, entouré de rubis.

194 — Bague croisée en or enrichie d'une perle et d'un brillant.

195 — Bague croisée en or enrichie de deux brillants.

196 — Bague en or enrichie d'un rubis forme poire et de trois roses anciennes.

197 — Bague croisée, ornée de deux brillants.

198 — Bague en or enrichie d'un rubis et de deux brillants.

199 — Bague en or enrichie d'une perle grise et d'un brillant.

200 — Broche pendentif forme nœud tout en brillants.

201 — Bague en or, ornée d'une perle.

202 — Broche forme barrette en brillants.

203 — Bague enrichie d'une émeraude et de diamants.

204 — Deux gobelets de mariage en argent repoussé, travail allemand de la Renaissance.

TABLEAUX

BACKUYSEN

205 — *Marine.*

BACKUYSEN

206 — *Marine.*

BOILLY

207 — *La Partie de campagne.*

BOUCHER (Attribué à)

208 — *L'Enfant au bain.*

CHARDIN (Attribué à)

209 — *Portrait de Nic. Stengels.*

CHÉNEAU

210 — *Corbeille de fleurs.*

DIAZ

211 — *Fleurs.*

PARROCEL (Le)

212 — *Scène de bataille.*

ÉCOLE ANCIENNE

212 *bis* — *Fruits.*

ÉCOLE ANCIENNE

213 — *Le Christ et les apôtres.*

ECOLE DU XVIIIe SIÈCLE

214 — *Portrait d'enfant de la famille de La Rochefoucauld.*

ÉCOLE HOLLANDAISE

215 — *La Porteuse d'eau.*

ÉCOLE ITALIENNE

216 — *Scènes bibliques.*

Trois tableaux.

FANNY FLEURY

217 — *Les Enfants aux tabliers bleus.*

PUVIS DE CHAVANNES

218 — *La Geneviève du Panthéon.*

Dessin.

RAPHAEL (Ecole de)

219 — *La Sainte Famille.*

Cadre rond en bois sculpté et doré.

TONY ROBERT-FLEURY

220 — *La Mendiante.*

VAN DER MEULEN

221 — *Choc de cavalerie.*

VINCI (Léonard de)

222 — *Cléopâtre.*

Cadre en bois sculpté.

OBJETS D'ART

223 — Très beau buste de grande dame de la Cour de Louis XV en marbre blanc, inspiré de LEMOINE.

224 — Paire de grands vases en marbre d'Orient, montures en bronze doré. Style Louis XVI.

225 à 231 — Suite de sept grands vases étrusques en terre cuite peinte à sujets antiques et mythologiques (seront vendus séparément).

232 — Paire de girandoles formées de grands vases en ancienne porcelaine du Japon.

233 — Plat ovale en faïence de Marseille.

234 — Plat rond en faïence de Montpellier.

235 — Plat en porcelaine bleue de Limoges.

236 — Plat de forme octogonale en ancienne faïence de Rouen.

237 — Plat, décor à la chimère.

238 — Deux grands plats de Savone.

239 — Plateau en faïence bleue d'Urbino.

240 — Plateau en faïence de Savone, dessin polychrome.

MEUBLES

241 — Paire de grandes potiches en ancienne porcelaine du Japon, décor à fleurs en bleu sur blanc.

242 — Très belle chambre à coucher Louis XVI en bois richement sculpté et laqué gris, composée de : un grand lit foncé de canne, avec oreillons et dôme formant corps ; une armoire, forme demi-lune, ouvrant à trois portes, dont une avec glace biseautée et deux tables de nuit.

243 — Chaise longue Louis XVI en bois laqué gris, foncée de canne

244 — Canapé Louis XVI en bois doré, foncé de canne dorée.

245 — Colonne Louis XVI en bois laqué et sculpté à guirlandes de lauriers.

246 — Ecran Louis XVI de forme ovale en bois laqué orné d'une peinture.

247 — Table ronde en bois sculpté et laqué posant sur trois pieds à chapiteaux, dessus en marbre.

248 — Chaise basse Louis XVI.

249 — Deux chaises Louis XIV en chêne ciré, foncées de canne.

250 — Fauteuil Louis XIV en bois ciré et sculpté, foncé de canne.

251 — Fauteuil Louis XV en bois ciré, foncé de canne.

252 — Fauteuil Louis XV en bois sculpté et doré, foncé de canne.

253 — Ecran Louis XIV en bois sculpté et doré, feuille en ancienne tapisserie.

254 — Table ovale en bois sculpté et doré, dessus en marbre, entre-jambe à trophée de flèches, style Louis XVI.

255 — Jolie bergère à oreillons bois sculpté et doré, couverte en soie rose, style Louis XVI.

256 — Joli bureau à cylindre en bois de luxe, garni de bronzes ciselés et dorés, style Louis XVI.

257 — Objets omis.

www.ingramcontent.com/pod-product-compliance
Ingram Content Group UK Ltd.
Pitfield, Milton Keynes, MK11 3LW, UK
UKHW021042180726
13838UKWH00004B/1953

9 782329 37848